萌える女王と僕のキズナ

小林ユウ

文芸社

あなたは、『フランケンシュタイン』という物語をご存じだろうか？

科学者を志し、自然科学を学んでいたヴィクター・フランケンシュタインという名の一介の大学生が、ある時を境に生命の謎を解き明かし自在に操ろうという野心を抱くようになった、という物語である。

正直、この続きからのほうが肝心だったりするのだが、これから話す物語にはあまり関係ない。

だって僕、あんな醜い怪物なんて、もたないからつくらないからもちこませないから……あれ？

僕の名前はヴィクター・フランケンシュタイン。

例の大学生と同姓同名だけど、気のせい気のせい、関係ナッシング！

おや？　そろそろ愛しのマイスイートハニーが目覚める頃ですよ？

長かった、本当に長かったぜぃ。

男のロマンを追い求め、早十年。〝なにか〟に目覚めた九歳の夏、あの瞬間から僕の華麗なる壮大な夢が動き出したのだ――。

「つ、ついに！　ついに、この日この時この瞬間がやってきた――！」

（はは、目から海水が出てきやがった……）

決して広々としているとはいえない日の光も届かない薄暗い地下室。〝彼女〟を照らす診察台を模したベッドに備え付けてあるライトの光。そして、僕の欲情に満ち溢れた眼光！

それらを組み合わせたコントラストが、彼女の美しさを妙に引き立たせていた。

美しき、あなたの瞳、はよ見たい。

あとは各モニターを最終チェックして、わたくしの慈愛に満ち溢れたエンジェルボイスで目覚めさせるだけとなりんした。

「………」

「……美しい」

（もう、この一言に尽きるよね？　芸術の極みっすわ、こいつぁーよ！）

フランス人形も真っ青な、黄金比に並べられた美しい顔のパーツ。その一つ一つは、僕の趣味全開。今は彼女と共に眠っている、エメラルドグリーンの瞳。僕のこだわりの一つ、ちょいと太めの眉毛。ヘアースタイルも、これまた僕の趣味全開でサイドテールとなっております。はい。え？　色ですか？　黒に決まっているだろうが！　唇の色もこだわりの一つで、日本（京都）に旅行をした時に見つけた、サクラという花の色を参考にさせてもらった。
グ、チョイス！
日本といえば、舞妓さんが非常に良かった。舞妓さんを撮りまくっていたら観光名所を撮影するのを忘れちゃったよ。

そういえばあの時、舞妓さんを追いかけ回していたら五回くらい職務質問をされたけど、なぜだろう？　ジャパニーズポリスメンが舞妓さんに向けられた僕の熱視線に恐怖を覚えて職務質問をした、というところだろうね。もっとグイグイいかないと、ジャパニーズ！

　さて、彼女の紹介と僕の土産話はこのぐらいにして、そろそろ〝眠れる地下室の美少女〟に目覚めてもらいましょう。

「さあ、目覚めておくれ？」

「………」

「そして、ご主人様とお呼び！」

「……ぁ」

「な、なんとぉぉぉぉぉ！」

（は、反応アリですか⁉　着信アリですか⁉）

今、微弱ながら心電図に反応があった。

なにより、「ぁ」って声を発したような気がした。

僕も今心電図を付けたら、ハワイ（オアフ島）のノースショア並みに波を打っているかもしれない。

ちなみに僕はヌーディストビーチ反対派である。あんなものは邪道だ……。水着を着ているからこそ興奮するのだよ、そこの君！　そこにロマンがあんだよ、ロマンが！

……イケないイケない、ジェントルマンよろしく紳士的に……。

「もう一息よ、頑張りんしゃい！」

（しまった、興奮しすぎて噛んじゃったよ）

はたして今のは噛んだといえるのかは別として、興奮しているのは間違いなく事実だ。その興奮度は、夜道を歩いていたら二十分おきに職務質問をされるレベル。ちなみに、本当に職務質問をされたことがある。はい。自主的に夜間パトロールをしていただけなのに。俺がいったい、なにをしたってん……。

「……あんた、誰？」

「な、なぬ!?」

（こいつぁーたまげた）

眠れる地下室の美少女が、ゆっくり眼を開いて言葉を発した。

しかし、まだ目覚めて間もないというのに、ここまでハッキリと言語を発するとは思わなかった。

一見おとなしそうな文学系女子大生に道を尋ねたら、顔を真っ赤に染めて思い切り頬をひっぱたかれたことがあるけど、あの時に匹敵する驚きだ。ちなみに、なんでかよく分からないけどものすごく興奮したよ、あの時。……文学系っていうのが、またポイント高いよね？

「……で？」

「で？　あ、いや、僕は君の創造主だよ！　つまり……」

『つまり、生みの親ともいえる神々しい存在であるのだよ、君ぃ』と豪語しようとしたその時……。

「キモッ」

「……はい？」

（あれれ、今とんでもない言葉を発しませんでしたか、このお嬢さん）

私の記憶が確かならば、今このお嬢さんは、僕に向かって「キモッ」と言ったはずだ。

だが安心してほしい、世の中には、言い間違い聞き間違いという素晴らしい言葉があるのだよ。それは誰にだってあること、気にすることたぁーない。

「キモいんだけど」

「………」

（ほっほう、なるほろねぇ）

どうやら、言語中枢に異常――もしくは、不完全の可能性――があるようだ。まあ、『天才も時には計算ミス（※）』って言うしね？（※）弘法にも筆の誤り
そうでなかったら、創造主たる僕の目を真っすぐ見て、『キモい』なんて絶対に言わないもんね！　い、言わない……もん……。

「さっきから、なに血走った目で見てんのよ、キモいっつってんでしょうが！」

「……なるほろ、そういうことだったのか」

（まったく、我ながらこの人類を超越した頭脳が恐ろしく感じるよ）

どうやら僕は思い違い……いや、誤解をしていたようだ。

「……なに？」

僕は彼女の目を真っすぐ見て、こう答えた。

「『気持ちいいぐらいイイ男』、そういう意味なんだね」

「はあ⁉」

「なるほろ、まさかの略語ですかぃ」

まさか、創造主たる僕にそのような感情を抱いてしまうとは思わなかった。いや、それが大いなる望みだったりするんですけれども。

しかしだね、お嬢さん、物事には順序ってものがある。だから僕は心を鬼にして、言葉は冷たくとも温かな眼差しで彼女を諭した。

「さあ、ご主人様の胸に飛び込んでらっしゃい」

「はあ⁉」

「どうしたね、なにも恥ずかしがる必要はないんだよ？　さあ、キャモーン！」

（さあ、迷える子羊よ、おいでやす）

僕は科学者っぽい白衣を華麗に脱ぎ捨て、ネクタイを緩めてカッターシャツのボタンを外した。この時、ボタンをすべて外しちゃダメだぞ？　それと念のために、なにが念のためなのか分からないけど、ボサボサの短髪を手ぐしで整えた。

そして僕は静かに目をつむり、大きく両手を広げ、彼女の可憐な体を包み込んだ。

なぜか、お腹に形容しがたい激痛が走った……え、激痛？

「ぬぉぉぉぉぉ！」

（ピ、ピンポイントにみぞおちって……）

危うく、朝食のヴィクター君特製フレンチトーストが「あらやだ忘れ物」って胃から戻ってくるところだったじゃないか。チーズ入りなので、お子様にも喜ばれる一品となっておりますぅ。

　にしても、まさか変質者から彼女を守るために施した特殊素材の骨格でゼロ距離のボディーブローをなさるとは。これ、普通に内臓破裂してもおかしくないからね、マジで。

　彼女はお腹を押さえてうずくまっている僕を見下ろして、実に清々しい顔をしておられた。足を組み、その上で頬杖をついている様が恐ろしく絵になっていた……。

「じゃねぇーよ！」

（え、なに、この状況？　おかしくね？）

　僕は状況確認を後回しにして、とりあえず自分を落ち着かせるためになにか飲もうという結論に至った。しかし、体がまったく動きゃーせん。生まれたての子馬のようになんとか立ち上がり、机の上に置いてあるコーラを一気に飲み干した。〝科学者＝フラスコで淹れたコーヒー〟だと思うなよ！　そんでもって、紳士たるもの、炭酸を飲んでゲップなんて……うっぷ……。

「……あんたさぁ」

「は、はい？　なんでございましょう？」

（あれれ？　なーんで、僕が敬語になってんの？）

それ以前に、僕に対して『あんた』と呼ぶのが彼女の中で定着したみたいです。はい。まあ、ちゃんと自己紹介をしていなかった僕も悪いんだけどね。

しかし、まあ、ベッドに腰かけている姿の美しいこと！　いつの間にか、シーツを体に巻いてドレスみたいにしているし。あなた、やるじゃない。

「……声、出てんだけど」

「……はい？」

「あんたが思っていること、全部声に出てんのよ」

「マ、マジでや⁉」

（おいおい、プライバシーもへったくれもないがな）

え、じゃあ、この間のアレはコレが原因だったのか？

気分転換に公園を散歩していたら、見るからに厚化粧をしている散歩中のマダムを見かけた。心の中で大爆笑していたら、物凄い形相で僕んところに歩いてきて焦ったもんだ。しかも、ペットのドーベルマンの首輪を外すというオマケ付き。「よく似ていらっしゃいますね」と苦し紛れにお世辞を言ったら、グーパンチで本気で殴られたよ。

常日頃から自分に正直に生きてんだよ、俺は！

「……あんた、天地がひっくり返るほどバカでしょ？」

「な、なんやて⁉」

（おいおい、お嬢さん、そいつぁー誰に対して言うとるんや？）

お嬢さん、君は当然知らないだろうが、僕は大学で「変態という名の紳士」って言われていたんだぜ？

廊下を歩けば、女子《おなご》がキャーキャー叫びおったもんさ。僕はあの時思ったよ、これが「若さ故の過ちというものか」ってね。

その僕に対して、君はバカと言った。つまり……。

「まあ、どうでもいいけど」

「バカと天才は紙一重ぇぇぇぇぇ⁉」

（おい、ちょ、待てよ）

どうでもいいって、あなた……。

さすがのヴィクター君も、イタズラをしておやつが抜きになった子供みたいに泣いちゃうゾ？　ていうか、なに、この学習能力の高さ！　まだ目覚めて一時間も経っていないってのに。

やっぱ僕って、超天才なんじゃやね？　いや、むしろ天文学的な？

「どうでもいいけど、ここ、暗くない？　ゴミが多くて汚いし、なに、この部屋って最終処分場なの？」

「どこで覚えたの、〝最終処分場〟なんて言葉！　ていうか、ゴミじゃないから、研究資料アンドゥ資材だから」

（な、なんて、恐ろしい子なの！　怖い、私はあなたが怖い！）

まさか、これほど頭のいい子に育っちまったとは。もう、お母さん嬉し……じゃなくて！　なんでまたよりによって毒舌をチョイスしたよ？

本来の（僕の夢がギュッと詰まった）初期人格プログラムは、「もう、ご主人様？　ネクタイが曲がっていますよ？」的なモノなのに……。なのにぃー！

「バカバカしい、付き合ってらんないわ」

「え、ちょ、ま、何処《いずこ》へ――!?」

（あ、やめ、それは大事な、あ、君のプロトタイプを……踏み潰したー!?）

彼女はあろうことか、自分が誕生するにあたって参考になった資料や資材を踏み潰しながら歩いていた。

こんなことなら、部屋ん中を整理しとくんだった……。ああ、シーツのドレスから覗くモデル並みの生足が眩しいぜぃ。奥さん聞いた？　フランケンシュタインさんとこの娘さん、身長が一七〇センチ近くあるんですってよー？

「……あたし、ゴミ屋敷に住みたくないから」

「え？　いや、まあ、誰だってそんなところに住みたくないけどさぁ……って、まてやコラ」

（ゴ、ゴミ屋敷って、あなた）

曲がりなりにも、自分が生まれた場所をゴミ屋敷って。いくら僕でも、さすがに……おー、しっつ！　物が溢れて、足の踏み場がありゃしねぇ。あーあ、こりゃゴミ屋敷って言われても仕方ないわな。

でもねお嬢さん、君にはゴミにしか見えないかもしれないけど、僕にとっては血と涙と愛の十年が……。

「……紅茶、淹れてくんなーい？」

「え？　あ、はい、ただいまー！」

（って、どっから声した、今⁉　あ、いない！）

どうやら彼女は、僕が血と涙と愛の十年間の思い出に浸っている間に、一階に上がったようだ。もう、恥ずかしがり屋さんなんだから。

さて、ちょっと毒舌でちょっと暴力的でちょっと気が強くて恥ずかしがり屋さんのマイスイートハニーのために美味しいお紅茶を……あれ、なにか忘れてる？

「あー！　ゆ、郵便配達の兄ちゃんが彼女を見てホレちまう！」

（ならん、それは断じてならん！　断じてならんのだぁー）

僕はあの時——ドーベルマンから逃げる時——と同じぐらいのスピードで階段を上った。そして、盛大にズッコケた。

無理したらアカン、アカンのや……。

「……あんた、なにしてんの？」

「お、お嬢さん……そ、そんな……か、恰好で……人前に出ちゃ……ダミャだす」

（か、噛んじまったい）

そう紳士的に注意しながら彼女の声がするほうを見ると、優雅にお紅茶を飲みながらご本を読んでおられた。しかも、僕の特等席であるリビングのソファーで足を組みながら。

ええい、ヴィクター君のマイスイートハニーは化け物か。

落ち着け、落ち着くんだ、お前は天才なん……。

「『変態バカのチビ』の間違いじゃない？」

「な、なんやて⁉」

（ひ、人が気にしていることをー！　キエー！）

ほらみー、奇声を発するほどショックを受けちまったじゃないか。そら、君に比べたら十センチほど背が低いけどさぁ。そこはオブラートに、ね？

なら、どうして自分より背の高い女の子を創ったのか？　それはね、男という生き物は女の子に踏まれたいという願望が根底あるからなんだよ！

「へえ、だったら死ぬまで踏んであげようか？　あたしが喜んで叶えてあげるよ」

「いや、そんな満面の笑顔で言われても。てか、本当に嬉しそうですね、あなた」

（まずい、この子、本気だわ！　まさか、反抗期？）

（こんな可愛い子に踏まれながら死ぬのも悪くない、いや、むしろ前向きに検討しようではないか）という思いを押し殺し、僕は歯を食いしばりながら立ち上がった。そうだ、シーツのドレスなんて非常に喜ばしい……じゃなくて！

「そないな恰好でおったらアカン」と注意しなければにゃら……。

「あんた、今、普通に噛んだわね」

「ええ、心の中で、という高等技術を用いて」

「そんなのどうでもいいけど、あたしの部屋は？」

「どうでもいいって、歩く空気清浄器と言われている僕の心を、どうでも……」

「あたしに二度も同じことを言わせないで、部屋は？」

「マイルドに独裁者みたいなことを言わないの！」

「なに、このあたしにあの掃き溜めに住めってんの？」

「この超天才科学者が住む屋敷に、掃き溜めなんて……」

「あんじゃない、地下に」

「あそこかぁぁぁぁぁ！」

（あそこは君にとって〝ヴィーナスの誕生〟の地だってんのに⁉）

ていうか、最終処分場の次は掃き溜めですか、あなた。

さすがのヴィクター君も、うつ伏せに大の字になってバタバタさせながら泣いちゃうゾ？　むしろ心の中はすでに、ヴィクトリアの滝の如し！　この汚れなき美しいダイヤモンドのような涙を見て、君は心を痛め……あれ、いない⁉

あの子また、迷子の迷子の子猫ちゃんになっちゃったの？

チクショー、猫のコスプレをしてもらって「ご主人様、お仕置きニャン！」って言われてぇ。

この時、猫耳としっぽがメインだと思うだろ？　フ、それでマニアを名乗るとは……片腹痛いわ！　真のマニアはそのようなありきたりなアイテムで興奮などしないのだよ。そう、手と足首のもふもふにロマンを感じ……しもたー！　コスプレについて熱く語っている場合ではなかったぞい。

やれやれ、ついに俺も音速を超える日がきちまったな……。

「……あんた、なにしてんの？」

僕ら二人は二階の廊下にいた。

「い、家中を……は、走り回る……末路が、これさ……」

「あんたがバテようが果てようがどうでもいいけど」

「と、とりあえずひざ枕を……おご！」

「あたしの部屋はここでいいわ、ご主人様？」

ヴィクトリアは僕の部屋の向かいを指して言った。

「こ、この部屋だけは、勘弁してもらえませんかね？」

（あと数センチで禁断の果実がぁぁぁぁぁ！）

えー、思いのほか早く、夢という名の願望を叶えてくれたみたいで。現在わたくしは、彼女に思い切り顔を踏まれておりまーす！　現場からは以上です。

「鍵だけではなく、ご丁寧にチェーンまでとはね」

「その部屋は開かずの間といいますか……」

「へえ、ならあたしが開かずの間に終止符を打ってあげるわ」

「ほ、他にも部屋はたくさんございますよ、お客様？」

「ここにするわ、二階の角部屋、悪くないじゃない」

「い、いや、その部屋だけはマジでさ……」

（すべてが拒絶する）

僕はその部屋に入れなかった。

十年間ずっと、入れなかった。パパとママが長期出張に行った後から……。

なぜか胸が熱い。心臓の鼓動も速く、自分でも分かるほど大きい。呼吸が苦しくなってきた。

白衣をシャツごと、シワができるほど右手で強く握った。

「チェーンを引きちぎって、ドアを殴り……」

「やめろっつってんだろ！」

「……！」

「あ、いや、ごめん、その部屋はどうしてもダメなんだ」

「……分かったわよ、豚小屋以外ならどこでもいいから」

「う、うん、用意しとくよ」

「事前に用意しときなさいよ」

「ですよねぇー」

（やっちまった……）

呆れ顔、そして僕を数秒間見据えて彼女は一階に下りていった。

ダメだ、冗談の一つも言えやしない。僕も一階に下りた。あの部屋を静かに見据えながら……。

「どうかしら、お味のほうは」

「……まあ、無駄に悪くないわね」

「真の天才は料理も上手いのだよ、君ぃ」

（ていうか、無駄に悪くないって、なんじゃい⁉）

あれから一息ついてディナーの時間。

この天才科学者であり天才シェフでもある僕が腕を振るったのだ。日本に旅行をした時に買った、カッポウギという名前のエプロンみたいのを着てね。

彼女に「いい白ね、あんたの血しぶきで模様を付けてあげようか？」と言われた時は、とりあえず全力で土下座をしたよ。素晴らしい文化だ、ジャパニーズ！　だって、なんか興奮したもんね、あの時。

「せっかく、あたしが綺麗な花を咲かせてあげようと思ったのに」

「今度は足にしがみついてもいいですか？」

「………」

「じ、冗談よ冗談、やーねー！」

「……ねえ、アレ、そろそろウザいんだけど？」

「なんのことやら？」

「あんたも気付いてんでしょ？」

「ストーカーはね、ガン無視するのが一番なんだよ」

（いや、マジでさ）

僕のファンなら喜んでサインや情熱的なハグに応じるけれど、あのキッチンの小窓の裏からこちらの会話を盗み聞きしている、むさいオッサン二人組は問答無用でアウトだ。にしてもバカだねー、闇夜に全身黒のスーツは逆に像が浮いて見えるっつうの。あいつら忍ぶ気あんのかよ？　かといって、なーんもしないけど！

「なんでなにもしないのよ、あたしがボコボコにしてこようか？」

「そうしてもらいたいのは山々なんだけどさ、後始末が面倒じゃん？」

「もういいんじゃない、郵便配達の兄ちゃんとやらに気を使わなくてもさ」

「…………！」

「じゃあ、あたし、シャワーを浴びたら寝るから」

「ねえ、いつから気付いてたの？」

「あんたね、あたしを誰だと思ってんのよ？」

「ですよねぇー（バレてーら！）」

　そう言い残して、彼女はスタスタとバスルームに向かっていった。やっぱダメだよなー、「全面的に流しましょうか？」って言ったら。いかん、もれなくバスルームが殺人現場になってしまう！　バスルームのほうを凝視しながら、僕は後片付けを始めた――。


　次の日の昼過ぎ。僕らは玄関先にいた。

「……ねえ、これなに？」

「タンデム自転車でございます、お客様」

「名称なんてどうだっていいのよ」

「なにか、ご不満な点でも？」

「あんたまさか、あたしをこのダサい自転車に乗せるつもりじゃないでしょうね？」

「二人で一緒に、風になりましょう」

「あんたの全身の骨を粉砕して、風に乗せてあげるわ」

「それだけは勘弁してください！」

（ある意味、完全犯罪だよ）

これから一週間分の食料を調達するために、買い物しようと街まで出かけるつもりだったけど、どうやらご機嫌斜めみたいです、はい。

大丈夫、〝財布を忘れて愉快なヴィクター君〟とかありませんから。あ、でも、普段は真面目だけどおっちょこちょいな部分もあるというギャップ萌えもあり……。

「あんたはただのバカよ」

「いやー、どこまでも隙のない男だ……までやコラ」

「どうでもいいけど、このひらひらしたやつ、どうにかなんないの？」

「ワンピース、よくお似合いですわよ？」

「当たり前でしょう、誰が着てると思ってんのよ」

「はひ？」

「この世の服は、あたしに似合うか似合わないかで存在価値が決まる」

「そこまで言い切りますか、あなた！」

（なんかもう、ある種の狂気すら感じるよ）

　でも、こだわりがあるのは、僕は全力で否定はしない。なんか、そういうこだわりがあるのがコスプレマニアに通じるものを感じ……あ、すみません！

　自転車に乗っている僕をガン無視して、自転車のボディーを横蹴りされました。横転しそうになったけど、神の領域に達している反射神経でなんとか事なきを得た。片足で支えてて良かったぁー。普通に乗っていたら、盛大にパタンと横に倒れてたよ。

まあ、支えていたのを知っていたから……。

「……」

「今、舌打ちされました⁉」

「……」

「あのー、もしもーし、無視だけはやめてお願い」

「え、なに？」

「……どうしたの？」

「あいつら、人ん家《ち》の買い物までついてくる気？」

「晩ご飯の献立の参考にでもしたいのかしら？」

「だったら、あいつらを野良犬の晩ご飯にしてあげるわ」

「鬼か、君は鬼畜か！」

（まあ、あえて全力で止めるつもりはないけどね）

非人道的な結末にはならないだろうけど、あちらさんも犯罪ギリギリの行為を行っているのは事実だ。人ん家《ち》の家族団らんの会話を盗み聞きするわ、悪趣味な黒い高級車でつけてくるわ、なにを期待しているのか知らんけど、そんな重大な話をオバサマたちの井戸端会議みたいにペラペラ話すわけがない。話している相手が女の子だから、僕がうっかり話す可能性があると？

やれやれ、俺もずいぶんとなめられたものだ……。

まあ、確かに長身&眼鏡美人の弁護士さんに問い詰められたら、あんなことやこんなことを……。

「……なに？」

「いえ、なんでもありません、小鳥のさえずりです」

「二秒以内に頭を地面に擦りつけたら許してあげる」

「申し訳ご……どふ！」

「良かったわね、あいつらと同じ末路にならなくて」

「ど、どういうことでしょうか？」

「いい加減ウザいからさ、ちょっと挨拶してくるわ」

「具体的になにをなさるおつもりですか？」

（なぜか敬語で聞いてみる）

だって、なんかさ、刺激しちゃいけない気がして。

今にも他校に金属バットを振り回しながら殴り込む雰囲気だもんで。もしくは、自転車をぶん投げて車のガラスを叩き割る……いや、そんな怪力女であってほしくないな。どちらにしても、イライラのパラメーターが激しく変動して……。

「大正解」

「当たっちゃったよ、チクショー！」

「安心して、あたしがそんな乱暴なまねをするわけないじゃない」

「そ、そうだよね、いくらなんでもそこまで……」

「軽く、ガラスを叩き割って引きずり下ろすだけよ」

「そっちかよ⁉」

「あとはボコボコにして、舐めたまねした理由を吐かせる」

「マフィアか、君は！」

（思わず、目にも映らねぇ速さで飛び起きちゃったよ）

まあ、確かに体に聞けば答えるかもしれないけど、あんまり大ごとにしたくないからな。

僕だって本当は、ビーサンの底に白いペンキを塗って、あいつらの黒い車に十六文キックをしたいさ。あ、でも、買ったばかりのお気に入りのビーチサンダルだから、あんまり汚したくないってのもありんす。となると、野球少年が打ったボールが、たまたまガラスを割ってしまうというシチュエーションに期待するしか……。

「……あんたさぁ」

「は、はい、どうされました？」

「言ってる内容と顔が、全然一致していないんだけど」

「いやいやいや、いつでもどこでも爽やかなスマイルを崩さない僕が……」

「あいつらをめちゃくちゃ睨んでいるじゃない」

「………」

（睨んでいる、か）

気がつくと、僕は自転車のハンドルを、痛いほど強く握っていた。


三十分以上自転車を支えたまま突っ立って、家の前でなにをやっているのか。それこそオバサマたちの井戸端会議じゃないか。苦笑いせざるを得ない。

僕は一度、大きく深呼吸をした。家から数メートルの位置に広がる森林の匂いが、風に乗って、鼻孔をくすぐり、肺を満たす。

（い、いかん、吸ってばかりいたら呼吸が……）

「シリアスな展開に期待した、あたしがバカだったわ」

「と、とりあえず、情熱的な人工呼吸を……」

「息の根を止めてやろうか？」

「よーし、買い物に出発だー！」

「あいつらは……」

「晩ご飯、なに食べたい？」

「……ヒレステーキのキャビア添え」

「なぬ⁉」

（まっ、なんて贅沢な子に育ったのかしら）

ていうか、食ったことねえし！

ご馳走は誕生日とクリスマスと正月の時だけという方針の我が家なので、なんとか説得をして渋々納得して頂きました。

そして今日の夕飯はヴィクター君特製オムライス（日本旅行の際に食べて気に入り、レシピを参考に改良を重ねた逸品）に決まり、食材の買い出しを兼ねてのお買い物になった。

もちろん、あいつらのことはガン無視を決め込む。そろそろお山の大将が現れる頃だろうから。面倒くせぇなマジで、いい加減諦めろっつうの。追い返す言い訳を考えないといけない、こっちの身にもなれよな。今回はどうしようかね、いっそのこと消えるか……。あ、蒸発したことにしよう！　これはイケんじゃね、フハハハハハハハ！

怪しい黒スーツ二人組が姿を現してから十日ぐらい経過したある日、玄関のチャイムが鳴った。

「……客、来るんだ。勇気と無謀は違うってんのに」

「どういう意味だよ⁉　お客さんくらい来るわい！」

（まさか、僕のファンが会いに来たと勘違いしてその子に嫉妬を⁉）

もしくは、「こんな郊外までわざわざご主人様に助けを求めて会いに来るなんて、ご主人様はなんて人望がある方なの！」という意味だったり？

どちらにせよ、君はまだ、僕が華麗なる偉大な発明王にして女子《おなご》がときめいて止《や》まないギネス級の紳士であることを……。

「どうでもいいけど、早く出たら?」

「はい……」

(ヴィクター君、怒られちった)

えー、十四時三十七分、世紀の大発明家ヴィクター・フランケンシュタイン氏を自分が生み出した美少女アンドロイドに本気で呆れられた罪により逮捕する!

はあ、冗談抜きで面倒くさい。冗談抜きでしつこい。冗談抜きでそろそろ僕も本気でキレるぞ、こんにゃろう。

あの日から約十日、いよいよお山の大将のおでましってか。ウゼェ……。

僕はめんどくさそうに、頭をポリポリとかきながら、ダラダラと玄関先に向かった……。

「フランケンシュタイン博士、約束のお時間ですよ? まずは、挨拶をしたい」

「……フランケンシュタインさんとこの息子さんなら、二年前に蒸発しましたわよー?」

（なーにが挨拶だ、こんにゃろう！　その手には乗らへんでぇ）

ていうか、そもそも約束なんかしてねぇし！

一か月ぐらい前に、「では、また後日訪ねさせてもらいましょう」ってキザッたらしく一方的に言ってただけだろうが。

そう、こういうのがここ数か月続いているのだ。偶然だと思うけど、〝アレ〟のテストが最終段階を迎えた頃から。どこで嗅ぎつけてきやがったんだ。

「……また、ずいぶんと紳士的な借金取りね」

「違ーわい！　借金なんてしてへんわ」

（むしろ、逆ですからね？　金、持ってまっせー）

僕はこう見えて、絵に描いたようなお金持ちだったりするのだ。天才的な頭脳で得たいくつかの特許、それ以外でも町の優しい修理屋さんとして働き、たくさん蓄えております。はい。まあ、その多くは研究費と趣味で消えちゃったけど。それでも、フハハハハハハハハ！　結婚詐欺師に気を付けよう。

「フランケンシュタイン博士、居留守を使っても無駄ですよ？　あなたの地声が出ておられる」

「おー、しっっ！　ボイスチェンジャーを使うの忘れてた……」

「やはり、いらっしゃったか。フランケンシュタイン博士、そのような手を使っても時間の無駄です」

「もう、諦めて自首したら？」

「なんか、微妙に話が繋がっとるし！　ちょ、ちょっと、こっち来て」

(もう、立てこもり中の銀行強盗じゃないんだから)

僕はいつの間にか玄関まで来ていた彼女の腕を引いて、リビングの奥にあるキッチンまで無理やり連れていった。

その後、超本気で殴られた。あー、ホッペが死ぬほど痛いよぉ。麻酔ナシで歯を抜かれた気分だ。歯医者、行ったことありませんけど！

「はあ、シャワー浴びなきゃ……主に右手首を重点的に洗って……」

「どういう意味だよ⁉　パパが入った後のお風呂は入りたくないってか」

（全国のお父さん、これが現実です。なんとも言えない感情を胸に、明日も頑張りましょう）

いやいやいや、今はまず彼女を守らねば。えーい、落ち着け落ち着け、落ち着いて考えるんだヴィクター！　お前は天才なんだ。

リビングは玄関に近いから却下だ。地下室も入り口がひとつしかないから万一の時に危険だし、トイレとかバスルームも同じ理由で虚空の彼方へ。

寝室は？　ダメだ、最近リビングのソファーで寝ているから物置と化している。僕の部屋も研究資料とか趣味で溢れかえっている。

「絶体絶命、孤立無援ってか」

「……て」

「え？」

「逃げて！　裏口から逃げるんだ」

「……へえ」

「さあ早く！」

（クソ！　僕はこんな方法でしか女の子を助けられないのか）

一瞬、（アレを渡しちまえば、もうあのオッサンにストーカーをされずにすむ）って思ったけど、やっぱり無理だ。絶対、必ず、間違いなく悪用する。

彼女の〝命〟は、僕が絶対に守るんだ。そのためには……。

「……あんたの覚悟、悪くないわ」

「え？」

「時間を稼いでる余裕はないんでしょ？　手短に話して」

「………」

「あたしを守るんじゃなかったの⁉」

「………！」

「あんたが思っていること、全部声に出てるって言ったでしょ？」

「そう、だったね……」

「話して」

「……分かった、話すよ」

(女の涙は最大の武器ってか。雀の涙ほども出ていないけどね)

僕は覚悟を決め、彼女の秘密について話した。

彼女は目をつむり、キッチンの椅子に座って、テーブルに頬杖を突いて聞いていた。

そして、例のオッサン――どっかの組織のお偉いさん?――の目的についても話した。

テーブルの下で、超本気のローキックを食らった。

「な、な、なんで、ローキックすんのー⁉」

(ちょ、ちょっとこれ、折れてない?　ねえ、病院に直行したほうがよくない?)

右足首をさすりながら涙目で彼女のほうを見ると、きょろきょろしながらなにかを探していた。まさか、鈍器⁉

「なんで近づいた目的は分かってんのに、そいつの正体は分からないのよ」

「面目ねぇ」

「だけど、一つだけ分かったことがある」

「なぬ？」

「あいつらがストーカー連中の正体ってわけね」

「いえす！　あいあむ」

「上等じゃない……」

「あのー、それで先ほどからなにをお探しに？」

「動きやすい服」

「動きやすい服、ですか？」

「なんかないの？　ひらひらしたやつじゃなくて」

「最近のメイド服は機能性も重視しているとの噂だけ……」

「あと二秒」

「カウント、早！」

（あー、メイド服しか頭に浮かんでこねぇ）

いや、まてよ。確かこの間、ショッピング中の美しいお姉さま方をお見かけして……。

「ほら、命が惜しかったらさっさと出して」

「〝ちょっとそこまでお買い物に行かない？　用お洋服〟なら、一応あるけど……って、怖！」

「そういうラフなの、ちゃんとあんじゃない」

「買っといて良かったと、いま心の底から思っているよ」

「あたしが着替え終えるまで、ストーカーの相手をしてな」

「りょーかい……って、その後は!?」

（うっわぁ、すっごい嫌な予感）

僕は『過去、この地で血を血で洗う大惨劇が繰り広げられていた……』というハルマゲドン的な思考をゴミ箱にポイして、洋服を取りに急いで二階に直行した。

僕の部屋で洋服を探している時、〝秘密のコレクション〟が目に入った。熱いものが込み上げてきたけど、洋服を持って一階に下りた。……コレクション（コスプレ衣装）、着せてみせます、いつか必ず！

「……あたしを待たせるなんて、いい度胸してるわね」

「いやいやいやいやいやいや、これでも『お前、ついに音速の壁を超えたんだな！』ってぐらいの速さで……」

「着替えるから、服を置いてさっさと出てってくれない？」

「はい……」

（あー、生着替えショータイムを見たかったのになぁ）

しかし、今は冗談抜きでそんな場合じゃないのだ。今は切羽詰まった状況だから、生着替えショータイムは〝おあずけ〟なんだ。すべては、片付いた後！

僕は燃え盛る欲望を全身全霊で抑えながら、玄関へと向かった。そして、なんとなくいつもよりも重く感じるドアノブを回し、気だるそうに家を出た……。

「お・ま・た・せ」

「……フランケンシュタイン博士、お元気そうでなによりです」

「いやいや、トーテンコフ博士もねぇ、お元気そうでねぇ、なによりですぅ」

(北極にオーロラを見に行ってそのまま永住しやがれ、こんにゃろう)

僕の家の敷地に土足で踏み込んでいるオッサン――トーテンコフ博士――は全身黒のスーツにこれまた黒のコートとブーツという妙にイラッとする姿だった。そんでもって、科学者には不釣り合いなボルサリーノの帽子を少し斜めに被っとります。見た目は四十から五十代に見えるけど、実年齢は……まあ、いいか、どうでも。ごめんなさいねぇ、オッサンにはまったく興味がなくってぇ！

「さあ、フランケンシュタイン博士、そろそろ〝例のモノ〟を……」

「の前に、ちょいと質問がありんす」

「……伺いましょう」

「いまさらですけど、どうして強行突入をしなかったんですかねぇ？」

（まあ、いまさらこんなこと聞いたって、しゃーないけどさ）

けど、ずっと気になってたのは事実だ。

いつまで経っても出てこない僕に痺れを切らして、そのうち強行突入してくるんじゃないかとヒヤヒヤしたもんだ。

でも、そんなことは起こらなかった。まさか、「私、信じてる！」ってオチじゃないよね？

「私がそのような野蛮な手段を行使するとお思いで？」

「いやいや、まさか」

（いちいちシャクに障る言い方をするやっちゃなぁ）

しかもこのオッサンは、周りを見渡しながらこう続けた。それも、腕を組んで片方の手は顎に当てながらというオマケ付き。

「それにご存じの通り、その必要すらありませんので」

「……そっすね」

（これ、見方によっては僕が立てこもり犯みたいじゃね？）

そう、僕の家の前は今、現在進行中で特殊部隊っぽい人たちによって囲まれております。しかも、「今ならなんと、戦闘車両付き！」という熱の入れよう。

おいおい、天才科学者とはいえ僕みたいな若造相手に特殊部隊を送るってどうよ。

しかもこの人数、小隊レベルだよ？

「……またずいぶんと暑苦しい出待ちね」

「いやはや、おっしゃる通り……って、なんとー！」

（こいつぁーたまげた）

たはー、どこのモデルさんかと思ったよ！　とりあえず、婚姻届にサインをして頂けませんか？　あ、拇印で結構ですので。

さあ、皆さん！　ついに彼女が、〝ちょっとそこまでお買い物に行かない？　用お洋服（ノースリーブ・スキニージーンズ・ハーフブーツ）〟でご登場です。たまんねぇな、おい。

「……フランケンシュタイン博士、こちらの方は？」

「え、彼女ですか？　じ、実は僕の……」

「……血の繋がっていないただの遠い親戚よ、ただの」

「あのー、他人にもほどがありませんか？」

「あんたの血が一ｃｃでも流れていると思われるだけで、虫唾が走んのよ」

「相変わらず容赦ないね、君……」

（かまへんがな、今は留学中やけど、休みを利用して僕に会いに来た超可愛い妹って言うたかて）

実際は、大々的に「あ、コイツっすか？　一応、俺のコレっすわー」って小指を立てて言いたいんだけどね？　それこそ、腕の一本や二本は持っていかれる覚悟で。いやいやいや、冗談やて冗談。

だからそんな、マフィアもモーセの海割りの如く道を空けそうな目で睨まんといて！

お兄さん、興奮しちゃうじゃないか。

「……おかしいですねぇ」

「はい？」

（おかしい？　女王様気質の彼女の愛が込められたお言葉が？）

もしくは、この世紀の美男美女カッポーが不釣り合いで笑えるってか？
フ、青いな……。青いよ、アンタ。アンタ、青いよ！
まったく、なにを言い出したかと思えば。僕らの愛に、国境も身長差も関係ないたたたたたたたたたた！

ヴィクトリアは僕の耳を思いきり引っ張った。

「……なにが不服なの？」

「いえ、〝そのような〟報告は聞いておりませんので」

「そのような？」

「あなたの存在ですよ」

「……」

（あのー、僕の存在はどこへやら？）

なんなんでしょうね、このハルマゲドン的な……あ、どっかで聞いたことあるぅー！

数十分前に聞いたことあるぅー！　もう、なんなの、この一触即発なドス黒い空気。

ていうか、いい加減、耳がちぎれるから。ちょ、ま、ねじるなー！

「だから、血の繋がっていないただの遠い親戚っつってんでしょうが」

「私が申し上げているのはそういうことではありません」

「はあ!?」

「私は常に優秀な部下からフランケンシュタイン博士近辺の情報を聞いております。

にもかかわらず……」

「それだけ、アンタの部下が無能ってことじゃないの？」

「なるほど、それは一理ありますね」

「………」

（どなたか高濃度の酸素ボンベとマスクを用意してくれませんかー？）

もう、息苦しいったらありゃしないわ。ママ友のお食事会だって、ここまでドス黒い空気は漂って……るわ！　アレに匹敵するって、どうよ？

だけど無能ってのは、冗談抜きで大正解だよ。あれだけストーキングをしておいて、彼女の存在を上に報告していない。任務以外のことはしないように命令されているのか、ただのご近所さんと勘違いをして報告する必要はないと判断したのか。

どちらにしても、バカで助かったのは事実。

耳がちぎれていないか確認しながら彼女のほうを見ると、かなりイライラしておられました。腕を組んで、片方のつま先を地面にパタパタやっとるし。

「……まあ、いいでしょう」

「え？　あ、そうですかー！　では、そろそろお引き取りを……」

（さっさと帰れや！　二度とそのツラ見せんなや、コラ）

おっと、イケないイケない。いつもクールでナイスガイな僕としたことが。つい、お汚い言葉を口にしてしまいましたわ！　ていうか、帰らんのかね、このオッサン。今、

「もう帰るね、バーイ」って言ったよね？　え、聞き間違い？

「ええ、〝例のモノ〟さえ渡してくだされば、すぐに引きますすよ」

「あ、そっすか……」

(帰る気ないんかい！　しかも、それは僕次第って)

「例のモノさえ渡しゃ、すぐトンズラすらぁ」って、いよいよ借金取りかよ。

うちにはもう、石膏像デッサンで消しゴム代わりに使ったパンしかないんです。

はあ、トンズラしたいのは僕だったりね。

このまま彼女と一緒に愛の逃避行でもしよう……か⁉

「アンタさ、このチビに〝なに〟を求めてんの？」

「あなたには関係のない話ですよ」

「なんですって？」

「ちょ、ちょっとお嬢さん」

ニヒルな顔をして「このまま愛の逃避行でもしようか？」と彼女を見詰めたら、思いっきりローキックをされました。しゃがんで右足が複雑骨折していないか緊急チェックをして顔を上げると、〝これぞ正しく、一触即発！〟という状況でした。はい。

（ヤベぇよ、マジでヤベぇよ、この展開）

そんでもって、右足の〝ふくらはぎ〟がヤベぇよ！

「……フランケンシュタイン博士」

「は、はい、いかがなされたでござる？」

「私にもね、〝堪忍袋の緒〟というモノがあるんですよ」

「な⁉」

（こ、こいつぁー、ちとヤバいかも）

今の今まで、ムカつくほど無駄に紳士的だったのに。

のらりくらりと対応する僕に、ついに痺れを切らしたのか？

でも、こんなの今日が初めてじゃないよ？

生牡蠣にあたってお腹を壊したからまた別の日にとか、ふくらはぎがパンパンで歩けないからまた別の日にとか……ｅｔｃ．

なら、〝なにが〟そうさせたのか。決まっている、彼女の存在だ。

どうやら、このオッサンにとって彼女はイレギュラーな存在らしい。そこから導き出された答え――イレギュラーな事態に弱い――という事実。

さて、どうしたものかねぇ。どうする、ヴィクター。

「……そういえば、まだお名前を伺っておりませんでしたね」

「え、ヴィクター・フランケンシュタインですけど？」

（おいおい、いまさらなにを言いますのやら）

もしかして、今のは一世一代のボケですか？　もしくは、自分に似つかわしくない態度を取ったから、ボケてみたとか？　だとしたら、不発に終わったよ。

見てみんしゃい、彼女のこの冷めた目を。ゾクゾクするよね！

「いえ、そちらの〝自称・フランケンシュタイン博士の遠い親戚〟の方ですよ」

「あ、彼女の名前っすか……ハ！」

（さ、さ、さ、殺気⁉）

こ、この殺気は、あ、あん時の？

誕生翌日の朝、「グッモーニン、マイエンジェル！」と起こしたら、タオルケットの隙間からすげぇ睨まれました。きっと、朝が弱いタイプなんでしょうねぇ。

ひと悶着の後、「次、ふざけた呼び方をしたら今の倍だから」と脅されたよ。

僕がどうなったか？　お、お、お察しください。こうして、自ら付けた名前が……。

「ヴィクトリアよ、『ヴィクトリア・フランケンシュタイン』」

「では、ヴィクトリア嬢……」

「なによ」

「誠に申し上げにくいのですが、私の前から消えて頂けませんか？」

「アンタ、あたしにケンカ売ってんの？」

「う、うわーい」

(命令してんのかお願いしてんのか、サッパリ分からんわ)

ちょっと、もう……嫌！　このオッサン、常に敵を作らないと生きていけないタイプなんだろうか？　男子校の不良か、アンタ。

こりゃ、もう、話し合いですむ問題ではないわな。腹をくくるっきゃないのか。

「いえ、用があるのは〝あなた〟ではなく、フランケンシュタイン博士ですからね」

「上等じゃない」

「……上等？　まさかと思いますが、私の邪魔をなさるおつもりですか？」

「だったら？」

「そうなりますと、少々野蛮な手段を行使する必要がありますね」

「ちょ、ちょ、待ちぃな！」

(あなた、さっき、「俺はもう、野蛮な手段は使いたかねぇのさ」って言ってたじゃない)

おいおい、嫌な前言撤回だな、こんにゃろう。

おっと、イケないイケない。いつでもどこでも常にニヒルな笑みを絶やさない僕としたことが。

ていうか、これからどうなんの、この状況？　もう、嫌な予感しかしねぇよ。

「面白いじゃない、その澄ました顔を恐怖で歪ましてあげるわ」

「マ、マジかよ……」

（一言だけいいですか？　人ん家《ち》の前で戦争をおっぱじめないで！）

もう、僕のことなんかほったらかしで睨み合っていますよ、この不良たち。

どっちが先に手を出してもおかしくないってか？

もうさ、今すぐ局地的な大雨が降ってくんないかなぁ。

そうすれば、「イケない、洗濯物を取り込まなきゃ」って言い訳が……。

「現実逃避するヒマがあったら、引っ込んでてくんない？　邪魔だから」

「はい、門柱の裏から様子を窺《うかが》っています……」

「覚悟の上かと思いますが、多勢に無勢ですよ？」

「そ、そうだよ、今からでも遅くないか……ひぃ！」

（め、めっちゃ睨まれたぞ、おい）

これが、俗にいう「やんのか、コラ！　おう、やったろうやないけ！」という状況なんでしょうか？

いつから僕の家って、男子校になったの？

真面目な話、本気で臨戦態勢に入ったみたいです、こやつら。

オッサンは帽子を深く被り、僕らに背を向け、そして静かに片手を上げた。

「アッハッハ、アーハッハッハッハッハ！」

（もう、笑うしかないわな）

なんなの、この刑事ドラマみたいな状況？　めっちゃ囲まれとるやん……。

え、「それ以上近づいたら、人質の命はないぞ」というセリフ待ちですか？

ていうか、近所から苦情が一切こないんですけど。

郊外だからか、それともこの一帯を現ナマで買ったのか？

「……フランケンシュタイン博士、今ならまだ間に合いますよ？」

「え？」

「さっさと〝例のモノ〟を寄こし、今までの非礼を詫びれば、命までは取らないと言っているんだ」

「な⁉」

「あらあら、ついに化けの皮が剝がれたみたいねぇ」

「そ、そうみたいね」

（あなたもあなたで、挑発的なお嬢様口調になっておりますが）

オッサンの部下――特殊部隊っぽい人たち――は僕の家の周りを完全に包囲し、今か今かと〝制圧命令〟を待っている。

これが最終通告なんだ、と僕は本能的に悟った。

冷や汗なのか、一筋の汗が額から頬を伝う。僕はそれを、右手の甲で拭《ぬぐ》った。

もう、どうしようもないのか……。

いや、ダメだ、彼女の〝命〟は絶対に渡すわけにはいかない。

「……あんたがくれた〝命〟には指一本触れさせやしない」

「はひ？」

「〝フランケンシュタイン家の女はヤワじゃない〟ってこと、あたしが証明してあげる」

「ヴィクトリア……って、ごめんなさい！」

（うわーい、場の空気に呑まれて呼び捨てにしちまったい）

後ろ回し蹴りの一発や二発は覚悟していたけど、そんな病院直行ものなことは起こらなかった。

むしろ、笑ってる？　不敵な笑みともいえるけど。

彼女は僕に背を向けたまま、オッサンに見えないように〝しっしっ〟と手を払うしぐさをした。邪魔をすんな、引っ込んでろってか。

「それが、あなたの〝答え〟なんですね？」

「ええ、これがフランケンシュタイン家の総意よ」

「フランケンシュタイン博士……」

「……少なからず、〝こうなる〟と予測していたんじゃないのか？」

（そうじゃなかったら、こんな部隊を引っ提げて押し寄せたりしない）

オッサンが言った〝答え〟とは、言葉は発しなくとも彼女が臨戦態勢に入ったと見て取れたからだ。

ド素人の僕にも分かるよ。

彼女は一歩、また一歩と前に出た。

でも、〝構え〟ていない？

これって、どこかで。

「フ、いつまでもお前のような小僧に構っていられるほど、私も暇ではないのでね」

「だから、力ずくで奪うってか」

「自業自得と思うんだな……総員、突貫せよ」

「あたしも気が立っているんだ、容赦はしない！」

「こ、これしか……」

（本当に〝これしか〟道はなかったのか）

僕は誰かを傷つけるために科学者になったわけじゃない。

僕は……。あ、あれ？　可愛い彼女が欲しいから、だろ？　な、なんだよ、この心の底がざらつく感覚は！　ぼ、僕は、どうして……。

「さあ、かかってきな！　目に物見せてあげるよ」

「悪いが私には〝研究成果の確保〟という大事な仕事があるのでね、君一人にいつまでも構って……」

「〝コレ〟を見ても、まだそんな戯《ざ》れ言《ごと》が言えるのかしら？」

「なに？　……まさか、それは⁉」

「もう、遅い！」

「しま……」

「目が、目がぁぁぁぁぁ！」

危なかったぁ、門柱の陰に潜んでたおかげで目が潰れずにすんだよ。

そう、彼女は予告なしの〝閃光弾〟を、向かってくる部隊にぶん投げたのだ。なんでそんな物騒な代物を彼女が持っているのか？　例の変質者撃退用に、僕があらかじめ用意し……って、なんなのこの生々しい音⁉

「な、なんだ、なにが起きている？　だ、誰か状況を報告しろ」

「聞けば分かるでしょ？　……地獄絵図よ」

「おのれぇ、小娘が！」

「B級ホラー映画も真っ青じゃないっすか……」

(な、生々しい)

実際どうだったのか分からないけど、彼女の作戦は成功したと思う。

相手は銃火器を装備している特殊部隊、うかつに飛び込めば蜂の巣にされるのがオチ。そこで、〝閃光弾〟の出番となる。

相手を挑発して注意を自分に向けさせる、そして想定外の攻撃で相手を混乱させる。最後は……フルボッコの地獄絵図！

「だから言ったじゃない、〝目に物見せる〟ってさぁ？」

「そ、総勢五十人にも及ぶ、我が部隊が……」

「フフ……」

「た、たった数分で全滅だと⁉」

「残念だったわねぇ、イレギュラーなことが立て続けに起きちゃってさぁ？」

「ど、どこに、〝そんな力〟があるというのだ」

「さあ？　ご自慢の優秀な頭脳で考えたらぁ？」

「小娘がぁぁぁぁぁ！」

「じ、十字を切っとこう……」

（いや、なにに対してかは分かりませんけど）

彼女がどうしてここまで特殊部隊と互角に戦えるのか？　それには〝三つの要因〟

があり、それらがガッチリ上手く噛み合っているからにほかならない。

まず一つめは、彼女の骨格——超高分子量ポリエチレン製の骨格——である。いくら人工筋肉や皮フに覆われているからって、こんなんで殴られたら一溜まりもないよ？

そして二つめは、彼女が読んでいた本——システマ入門書——の存在。使いこなせたらカッコイイと思って買ったんだけど、僕は三ページほど読んで挫折しました。

「システマというのは格闘技ではなく、体の使い方の原理を習得することを重点に置く」そうです。基本原則の一つに〝常にリラックスを保つ〟とありますが……。

「よくもまぁ、これで偉そうな口を叩けたものよねぇ？」

「おのれぇぇぇぇぇ！」

「はは、はははは、はは……」

（〝コレ〟に関しては、システマはあまり関係ないみたいだね）

だって、相手を挑発できるほどの余裕と平常心が彼女の常ですから！

これから、〝歩くシステマ入門書〟と呼ぼうかな？　首を一八〇度曲げられますわな！

基本原則にはまだ、〝呼吸をし続け、移動し続ける〟というのがあるんだけど。これ、彼女にとっては朝飯前の独擅場だろうね。なぜならば……。

「あんたもやるじゃない」

「あざーす！」

「悔しいけど驚いたわ、だって……」

「フフン、だろうね」

（これこそが、僕が天才たるゆえん！）

これこそが、世紀の大発明——運動エネルギー変換システム——でありんす。

そして、あのオッサンが喉から手が出るほど手に入れたいものでもあーる。

これは一種の〝半永久機関〟であり、簡単に要約すると「運動エネルギーをそのままダイレクトに一〇〇パーセントエネルギーに変換する」というもの。マジ凄くね？

「……なるほどね、どうりで疲れないはずだわ」

「褒めて、もっと私を褒めて、私をもっと褒めてちょうだい！」

「五百億歩譲って、プラマイゼロってとこ？」

「やっと⁉」

（ってか、譲る気ねぇぇぇぇぇ！）

けど、ちょびっとは褒めてくれたよね？

そうだよ、きっとパパやママだって褒めてくれる。

パパは「さすがパパの子だ」って言ってくれて、ママは優しく抱きしめてくれたりしてさ？

だから、早く帰ってきて。新しい家族を早く紹介したいんだ。僕、いっぱい勉強して頑張ったんだよ？　早く帰ってきて、いっぱいいっぱい褒めてよ。


「……あの目、なに？」

「フフ、フハハハハ……」

「こっちはこっちでぇ」

「ハハハハハハハハハ！」

「誰の許可をもらって、盛大に高笑いしてんのよ」

「まさか、この私がここまでコケにされるとはな」

「悪いけど、最初からそうさせてもらってるわ」

「小娘が、いつまでも大口を叩けると思うな……。〝アレ〟を起動しろ」

「いい加減、ウザいんだけど？」

「恨むなら、私に従わなかったあの小僧を恨むんだな」

「誰が元凶だと思ってんのよ……」

「私にひれ伏す瞬間が訪れたぞ、小娘」

「また面倒くさい〝モノ〟を……」

「ＳＦ映画の撮影でも始まんの⁉」

「あんた……」

「え、わたくしなにか失言でもしちゃいました？」

「……別に」

「そ、そっすか？」

（なら、どうして目を細めて僕を見る？）

どうせなら、微笑みで「……バカ」って言ってほしかっ……いや、射殺すような目で睨むんじゃなくってさ！　……ヴィクター君、ちょびっと興奮しちゃったゾ？

冗談はともかく……いや、九割近く本気だけど、〝アレ〟はいったいなんぞや？

ひょっとして、日本製ですか？　あ、ありうる！

オッサンの合図で、後方で控えていた大型戦闘車両の後部ハッチが開いた。そして、機械の作動音が辺り一帯に響き、とんでもないモノが姿を現した。

「どうですフランケンシュタイン博士、驚きのあまり声も出ないでしょう？」

「あ、ある意味ね……」

（科学力の無駄使いだろ、どう見たって）

まだ試作段階なのか、三人しか……いや、〝三体〟と言うべきか？　どちらせよ、あのオッサンはとんでもないモノを造り上げやがった。

初見からして、一種のパワードスーツの類かと推測される。直立二足歩行タイプで、無駄にゴテゴテとしている。三メートル近くはあるだろうマッシブなボディーは、妙に威圧感を漂わせていた。

そして、あの自信に満ち溢れた憎ったらしい顔、うかつに手を出すのは危険……。

「そんなオモチャみたいなもので」

「……って、言ってるそばから、君は！」

「フ、無駄なことを……」

「二度とそんな減らず口を叩けないように……」

「う、嘘やん……」

「あ、あたしの変態チビを半殺しにする右ストレートが効かない⁉」

「し、信じらんねぇ……って、まてやコラ」

（いや、容易に可能でしょうけど）

まさか、彼女の殺人的な右ストレートが効かないなんて。

あのパワードスーツみたいなの、骨格や装甲はいったいなにでできているんだ？

彼女の攻撃力を超える防御力の高さ……つまり、僕が彼女に施した超高分子量ポリエチレンの骨格よりも強固という事実。見た目は鈍重そうでも、それだけで脅威だ。

〝攻撃は最大の防御〟の逆パターンってか。

やみくもに攻撃しても、あの強固な装甲の前では無駄にエネルギーを消費するだけになってしまう。

「安易な表現ですが……形勢逆転、ですね」

「形勢逆転？　やっと、いい勝負になってきただけじゃない」

「……小娘が、いさぎよく負けを認めれば命を失わずにすむものを」

「残念だけど、フランケンシュタイン家の人間は諦めが悪いのよ」

「確かに、ね」

（いやはや、ようご存じで）

やっぱり、僕が〝生みの親〟だからなのか。

その僕もきっとパパに似たんだろうね。よく言われたよ、「最後まで自分の力を信じて諦めるな」ってさ。

最後まで自分の力を……チカラ……あった！

けど、もしこれが失敗してしまったら彼女まで失い、僕はまたひとりぼっちに……

え？　ひとり、ぼっち？

「なるほど、そういうことなら仕方がないですね……実に不愉快だ」

「それはこっちのセリフよ」

「もういい、殺しても構わん、徹底的に痛めつけてやれ」

「な⁉」

「あーもう、動きはトロいくせに、なんなのよこのムカつく堅さは！」

「ハハハハハハ、さっきまでの威勢はどうした小娘？」

「ヴィクトリア！」

「こ、この程度で……うぐ！」

「どうしたどうしたどうした、ご自慢の安い挑発はどうしたー!?」

「も、もう……」

「こ、こんなオモチャなんかに……」

「どうやら兵装は必要なかったようだな、単純な殴打で事足りた」

「も、もうこれ以上は……」

「負けてたまるかぁぁぁぁ！」

「サヨナラだ、ヴィクトリア・フランケンシュタイン」

「ヴィクトリアァァァァァ！」

（う、嘘だ……）

あの〝常に余裕と平常心〟を地でいく彼女が……。

その彼女が今、僕の目の前——目と鼻の先——で倒れている。

な、なにかの冗談だろ？

僕は自分でも分かるくらいおぼつかない足取りで、彼女のもとに足を向けた。

そこに、ボルサリーノの帽子を深く被った男が、彼女に近づいていた。

「……〝それ〟で、なにをするつもりですか？」

「なにを？　決まっている、とどめを刺すのだよ」

「もういいだろ」

「悪いが、私はこう見えて用心深い男でね」

「これ以上、この子を傷つけるな！」

「そうは言うが、この手の女はしつこいからなぁ」

「アンタって人は！」

「だったら、さっさと〝例のモノ〟を寄こすんだな」

「……渡したら、もう二度と僕らに近づかないって約束するか？」

「ああ、もちろんだ、それさえ手に入ればお前のような小僧になどもう用はない」

「分かった」

（これでいいんだ……）

僕の十年におよぶ努力と結果は、この一言で終わりを告げた。

でも、これで彼女とずっと一緒に生きていけるのなら、僕の十年なんて安いものだ。

いつの間にか頰を伝っていた涙をぬぐい、僕は立ち上がった。そして、白衣の裾を思いっきり引っ張られ、盛大にズッコケた……え、ズッコケた？

「天才的な脳が揺れるぅぅぅぅ！」

「……あたしがいつ白旗を揚げたのよ」

「あいたたた、脳髄が……って、え、あ、ヴィクトリア⁉」

「なぜだ、なぜ立ち上がる⁉」

「オモチャのくせに……く、やってくれんじゃない」

「ヴィ、ヴィクトリア……」

（む、無茶だよ）

見ていられない、もうこの一言に尽きた。

彼女の綺麗にまとまっていたサイドテールはいつの間にかほどけ、今ではただのロングヘアになっている。

体もアザや傷だらけで、肩で息をしていた。

「そのような満身創痍の身で、まだ私に歯向かうつもりか？」

「言ったはずよ、〝フランケンシュタイン家の人間は諦めが悪い〟ってね」

「……よろしいのですか、フランケンシュタイン博士」

「え？」

「私の命令一つで、あなたは〝また〟大切な家族を失うことになりますよ？」

「〝また〟ってなんだよ、〝また〟って!?」

「なにを、世迷言《よまいごと》を……」

「それじゃあ、まるでパパとママが……うああ！」

（な、なんだよ、いまの頭の芯に響く痛みは）

こ、この痛みは、なんだ？　どうして、パパとママを思い浮かべようとすると頭に

激痛が走るんだよ？　ぼ、僕は、なにを拒絶しているんだ⁉

「どうしましたフランケンシュタイン博士、顔色が悪いですよ？」

「ア、アンタ、今〝また〟って言っただろ？」

「……ええ、確かに。それがなにか？」

「どういう意味だよ？　人の親を勝手に……」

「勝手もなにも、私は事実を言葉にしただけですが？」

「アンタ、さっきからなにを言っているんだ！」

「血祭り変更、アンタを先に殴り殺す」

「これはこれは、自称〝フランケンシュタイン博士の遠い親戚〟である君が、まさか知らないとは」

「はあ⁉」

「彼の両親はな……」

「や、やめろ」

「もう、〝この世〟にいない」

「やめろぉぉぉぉぉ！」

＊

「……事故、なんですって？」

「ええ、クリスマスプレゼントを買いに行って、その帰りに」

「なにもそんな日に、ねえ？」

「………」

「ちょ、ちょっと、聞こえているわよ！」

「ご、ごめんなさい、不謹慎だったわ」

「………」

「まったく、遺族の……子供の前でなにを考えているんだ」

「………」

「ヴィクター・フランケンシュタイン君、だね?」

「……はい」

「実はこういう者なんだが、すこしいいかな?」

「警察、ですか?」

「そうだ、君に〝渡したいモノ〟があってね」

「……渡したいモノ?」

「ああ、君のご両親が残したクリスマスプレゼントだ」

「パパとママが、僕に?」

「どうやら後部座席に置いておいたらしくてね、プレゼントは無傷ですんだみたいだ」

「……どこが無傷なんですか」

「え?」

「どこが無事なんですか! 僕はただ、パパとママと一緒にクリスマスを過ごせれば良かったんだ、プレゼントなんか!」

「ヴィクター君……」

「ずっと、ずっとひとりでお留守番して……いい子にして……待ってたのに」

「………」

「また、ひとりぼっちに、なっちゃった……」

「すまない、君の気持ちも考えずにあんなことを言ってしまい」

「返して……」

「え？」

「今すぐ僕のパパとママを返してよ！」

「ヴィ、ヴィクター君……」

「返してよ、今すぐ返して……もっと、もっといい子にするから……だから、お願い……」

「……すまない」

「どうして謝るの？　早く、早くパパとママに会わせてよ！」

「ヴィクター君、君のご両親は、もう……」

＊

「うあぁぁぁぁぁ！」

「ヴィクターが、コワレた……」

「フ、残念な結末に陥ってしまいましたね」

「アンタ、あいつになにをしたの⁉」

「なにを？　私は真実を口にしただけですが？」

「ヴィクター……く、あんた、なに、らしくない状態に浸ってんのよ⁉」

「パパ、ママ、どこ？　どこにいるの？」

「こいつの目、あたしが映っていない？」

「ねえ、パパとママは？　どこにいるの？　ねえ、教えて？」

「ま、まさか、幼児退行？」

「お姉さん、パパとママのお知り合いなの？」

「ヴィクター、あんた……」

「ねえ、お姉さん、教えて？」

「えーい、変なトコ触る……あー、しまった、ついいつものクセで！」

「お、お姉さん、て、天才的な頭脳になにを……」

「天才的？　まさか！」

「ぐえ！　お、お姉さん、ヘッドバットのあ、あとは、く、首ですか……」

「やっぱね……顔を潰されたくなかったら、歯を食いしばんな」

「お、お姉さん、なにをする……のぉぉぉぉぉ!?」

「ずいぶんとまた原始的な、そんな方法で……」

「さあ、それはどうかしら？」

「ちょ、ま、アゴが、顔が、ナニカが粉砕された……」

「おはようヴィクター、目が覚めるまで殴り続けるところだったわよ？」

「ヴィ、ヴィクトリア⁉　あ、あれ、僕は？」

（ていうか、顔の左半分が恐ろしいほどケイレンしているんですけど⁉）

正直、「一度は言われてみたいセリフTOP10」の言葉と、死ぬほど物騒な言葉の両方を言われたような気がした。

僕は左頬を押さえながら、その痛みを静かに噛みしめた。

頬を伝う涙とともに、十年間も閉ざされていた心の扉がゆっくりと開いていく。

温かい、なぜか、すごく胸の奥が温かく感じた。

これは、温もり？

パパとママ、そして……ヴィクトリアの温もり。

「とんだ茶番ですね、まあ、事実は変わりませんが」

「ええ、アンタを殴り殺す事実は変わらないわ」

「ヴィクトリア、そんな体で」

「……今度こそ、本当に死にますよ？」

「やれるものなら、やってみな」

「また大切な家族がひとり消えますが……構わんな、ヴィクター・フランケンシュタイン?」

「ま、また? そ、そんな、そんなのもう嫌だ!」

「私とて、心が痛む残念な結末だよ」

「そ、そんな……」

「……安心しな、その結末を迎えるのはアンタよ」

「ヴィクトリア!? う、動いちゃダメだよ、もういいから」

「ヴィクター」

「え?」

「あんたにとって家族は、〝血の繋がり〟だけなの?」

「………!」

「答えろ、ヴィクター・フランケンシュタイン!」

「そ、それは……」

「たとえ血が繋がっていなくたって、あたしたちはちゃんと繋がっている」

「つ、繋がり？」

「女王と下僕……もう一度歩み始めた家族として」

「……」

（今、おボケになられました？）

いや、きっと今のは、悲しいほど誠のお言葉なんだろう。だって、言い直す気が顔面蒼白になるほどなかったもんね。

彼女は言った、「家族は血の繋がりだけなのか？」と。

違う、もっと、もっと大切なモノ。それは……。

「あたしたちには、血にも負けない〝絆〟がある。それを教えてくれたのは、他でもないあんたでしょう？」

「きず、な？」

「あんたは出会ったばかりのあたしを、こいつらから守ろうとしてくれた」

「それは……」

「あたしがこいつらをボコボコにしようとした時に止めたのも、巻き込みたくなかったからでしょう⁉」

「………！」

「……でよ」

「え？」

「家族だったら、巻き込んでよ！」

「ヴィク、トリア……」

「今度はあたしが家族を守るから、ヴィクターみたいに」

「だ、だけど、そんなボロボロの体じゃ！」

「あんた、あたしを誰だと思ってんの？」

「え？」

「あたしはヴィクトリア・フランケンシュタインよ、こんなガラクタに負けたままなんて死んでもイヤ」

「ガ、ガラクタって……」

（いつの間にか、えらい評価が下落しましたね）

けど、彼女はそんなボロボロの姿になっても僕を……いや、この状況を打破しようとしていた。

そう、家族の絆を命を懸けて守るために。

ならば僕も、大好きな家族の絆を守るため、〝禁断の一手〟を打とうじゃないか。


「……どういうおつもりですか、フランケンシュタイン博士？」

「ヴィクター、あんた自分がなにをしているのか分かってんの⁉」

「……いい加減、お引き取りいただけませんかね？　これから永久に会うことはありませんけども」

「フ、小娘の盾になり、なにを言い出すかと思えば……」

「さっさとご自慢のガラクタを持って帰って、二度とそのツラを見せんなっつってんだよ、三流科学者！」

「さ、三流科学者だと⁉」

「なにキレてんだよ、安い挑発はアンタの専売特許だろ？　三流科学者のトーテンコフ博士？」

「小僧ぉぉぉぉぉ！」

「ヴィクター！　……え？」

「やれやれ、今ここで僕の頭を撃ち抜いたらすべて無駄足だったという結末になってしまうのに」

（けど、マジで銃を突きつけられるのは嫌な気分だね）

でも、ヘタすればこのままジ・エンドという賭けには成功した。

こんな安い挑発に乗ってくれて感謝するよ、三流科学者。

おかげで彼女に渡すことができた、一発逆転〝禁断の一手〟の秘密を。

安い挑発で激高して周りが見えなくなったオッサンの隙を突いて、小さく折りたたんであるメモを彼女に渡した。

僕がやれることはここまでだ。役立たずでごめん、ヴィクトリア。

「いい気になるなよ小僧、今までお前を生かしておいたのは、まだ利用価値があったからにすぎん」

「でしょうね」

「利用価値のないお前にはもう用はない。さあ、あの世でパパとママがお待ちかねだぞ、ヴィクター・フランケンシュタイン」

「……殺すぞ」

「それはあたしの役目よ、変態バカのおチビさん」

「……！」

「おやおや、ここで死にぞこないの小娘のご登場か？」

「アンタは後でゆっくりじっくり殺してあげる、けどその前に……」

「私を殺す、だと？」

「ええ、そっちのガラクタを最終処分場に送ってからね」

「フフ……フハハハハハハハ！　その満身創痍で、か。死ぬ寸前まで笑わせてくれる」

「ヴィクトリア？」

「分かってる、あたしはあんたを信じてるから」

「なにが始まるのか知らんが……どちらにせよ、この時をもってフランケンシュタイン家の血は絶つ」

「悪いけどそれはこっちのセリフだよ、三流科学者」

「アンタは……あたしたちを……」

ヴィクトリアは首を左右に傾けて鳴らした。続けて、

「殺意を抱かせるほど……怒らせたんだ……」

そういいながら指の関節をポキポキと鳴らした。

「だから……」

（最後のキーワードは……ヴィクトリア、君が決めて）

「アンタを最終処分場に送ってあげる」

「………」

（お好きですね、最終処分場！）

ていうか、なんでよりによってそんな言葉を〝発動キーワード〟に選んだのさ⁉

恐ろしいほど君にピッタリだけどねぇー。

でも、これが上手く発動してくれれば、形勢逆転のチャンスが生まれる。

僕が施した〝禁断の一手〟それは……。

「まだ私に歯向かうつもりか、フランケンシュタイン」

「ああそうさ、アンタの大好きなイレギュラーな展開がついにフィナーレを迎えるんだよ」

「なんだと⁉」

「ヴィクトリア、準備は……」

「………」

「………」

(あ、あっれぇー？)

彼女は、立ってはいるが、すこし前屈みのままピクリとも動かない。

まさか、不発⁉　こ、ここにきて音信不通、ですか？

しかし、「いっそのこと、殴る蹴る投げるの三連コンボを覚悟して肩を軽く叩いてみるか？」と思ったその時……。

「ご……」

「ご、ごまドレッシングは切らしておりますが？」

「ご主人様ー！」

「はいぃぃぃぃぃぃ⁉」

「次から次へと……」

(俺は、夢でも見ているのか？)

いやいやいやいやいやいや、落ち着け落ち着け、お前は天才なんだ。

ここは英国紳士よろしく、余裕と平静の笑みでやさしく抱きしめ……じゃなくて！

正直、抱きしめられているのは僕なんですけど、身長差があるものだから非常に喜ばしい……大変な状況になっております。はい。

これはまさか……。

「ご主人様をおイタする人は、ヴィクトリアがぜぇーったいに許さないんだから」

「貴様ら、私をどこまでコケにするつもりだ！」

「ご主人様はお下がりくださいませ、ヴィクトリアがオモチャのお片付けをします」

「そ、そうかね、よ、よろしく頼むよ」

(はは、こいつぁーまいった……)
チ、チクショー、捕まるのを覚悟でいまの心情を叫びながら家の周りを駆け巡りたいほど可愛い！　これが、若さ、なのか？

冗談抜きで、時は刻々と過ぎていく。

あたふたしているフリをして、めくれた袖から覗く腕時計をチラリと見る。タイムリミットまで二分二十六秒。

「装甲兵、やつらを皆殺しにしろ！」

「ヴィクトリア、闇雲に突撃すればさっきの二の舞になる、ここは……って、あれ？」

（ほわっつ⁉）

ほんの一瞬、彼女から目を離した。

気付いた頃には、彼女はもう三流科学者ご自慢のガラクタの目前に腰を低くして構えていた。

あの速さ、間違いねぇ。

「ば、ばかな、いつの間に⁉」

「センサー類の故障かな、皆さん、ヴィクトリアの動きに追いついていないよぉ？」

「装甲兵、そのまま小娘を捕らえ……」

「残念無念、ヴィクトリアを抱きしめていいのは、ご主人様だけなのだよ」

「………」

（スローでもう一度！）

彼女を捕らえようとガラクタが両手を伸ばした、けど、時すでに遅し。彼女はそれを、三メートル近くあるガラクタよりさらに高く飛んで回避する。そしてその反動を利用して、後ろ回し蹴りでそいつの首を飛ばした。ガラクタからかなり本気の悲鳴が聞こえたから、やはり思ったとおり、パワードスーツの類だったようだね。

首の接合部から火花がたち、激しい音とともにうつぶせに倒れた。そして、後部ハッチが開き、そこから兵士らしき人間が慌てて出てきた。

ご愁傷様とだけ言っておこう！

「こ、小娘ごときに……挟み撃ちにして殺せ！」

「アンタ、言ってて恥ずかしくない？」

（けど、イケる！）

あれだけ手も足も出なかったガラクタとここまで互角以上に渡り合えるのは、彼女のチカラと僕が施した〝禁断の一手〟が正常に機能したからだ。

それこそが僕らの切り札――運動エネルギー変換システム・オーバードライブ――でありんす。今まで蓄えられてきた全エネルギーの解放でぃ！

今の彼女は、計測不可能な速さとそれに起因する攻撃力を解き放つ状態になっている。そしてなにより、萌えに萌えている！

「貴様らなにを臆している、さっさと殺してしまえ！」

「殺せ殺せうるさいなぁ……この世にバイバイする？」

「うわぁ……」

（こ、こ、怖！）

さきほどの後ろ回し蹴りから華麗に着地したあと、彼女は立ち上がりながら恐ろしいお言葉をつぶやいた。

普段おとなしい子ほど、キレると怖いって言うもんね？　つまり、どっちの彼女でも、根本的な部分は変わらないってことか。

そんな萌え萌えヴィクトリアもあと四十二秒、そろそろまずくなってきた。

「ヴィクトリア、お片付けの時間はもうおしまいにしよう？」

「はぁーい、ご主人様、それでは最後の仕上げへと行っちゃいますよぉ」

「仕上げだと⁉」

「ＹＯＵ、ヤッチマイナ！」

（いや、マジで）

絶対女王ヴィクトリアから、萌え萌えヴィクトリアにパーソナリティチェンジして二分弱が経過した。焦りは禁物、絶対に顔に出してはいけない。そして声も極力出してはならない、よく心の声が出ていると言われるので。

このままタイムリミット——二分四十秒——を過ぎると、システムが解放された全エネルギーに耐えきれず熱暴走を引き起こしてしまう。それが、この切り札の弱点。

しかし三流科学者は気付いていない。エメラルドグリーンからタイムリミットを示すサファイアに、ヴィクトリアの瞳の色が変わったことを。

残り三十秒を切った証拠だ。

「まとめてオモチャのお片付け」

「小娘が、そうそう事がうまく運ぶと思うな！」

「残念無念、それがご主人様への愛によってうまくいっちゃうのだよぉ」

彼女はそう言いながら、（やれやれ）とわざとらしく顔を振った。

そして次の瞬間には、もうその場から消えていた……消えていた⁉

そう、なんとかしてまず捕まえたい三流科学者ご自慢のオモチャによる切なる願いをガン無視して、彼女はあの速さで駆け出し、また空に飛んだのだ。

「おっきなオモチャのお片付けは大変です」

「コンドル……いや、飛んどる！」

（なんだよ、ありゃ）

ヴィクトリアは二体のガラクタを、その華麗な足技で行動不能にした。あっという間の一方的な攻防、三流科学者も唖然としております。はい。

彼女ははじけるような満面の笑みで、空から見下ろしながらブンブン手を振っていた。そして、へっぴり腰になっているガラクタの目前で半回転して、左のかかとで首を飛ばした。その反動を利用してさらに飛び、二体目の頭部をかかと落としで潰した。

どうやら絶対女王ヴィクトリアはその拳で問答無用に服従させ、萌え萌えヴィクトリアは華麗に空に舞い蹴り飛ばすのが特徴の一つらしい。

「わ、私の装甲兵が……最高傑作が……」

「正義は勝ちます、勝ってみせます！」

「ど、どっかで聞いたことあるセリフだね、それ」

「ご主人様、頑張りました！　ご褒美になでなでして……くだ……さ……」

「おーよしよしよし、よく頑張ったねぇヴィクトリア！」

（あっぶねぇ、超危ねぇ）

郵便はがき

料金受取人払郵便

新宿局承認

1409

差出有効期間
2021年6月
30日まで
(切手不要)

1608791

141

東京都新宿区新宿1－10－1
(株)文芸社
愛読者カード係 行

お名前《ふりがな》		明治 大正 昭和 平成	年生 歳
ご住所《ふりがな》	□□□-□□□□	性別 男・女	
お電話番号	(書籍ご注文の際に必要です)	ご職業	
E-mail			

ご購読雑誌(複数可)	ご購読新聞 新聞

最近読んでおもしろかった本や今後、とりあげてほしいテーマをお教えください。

ご自分の研究成果や経験、お考え等を出版してみたいというお気持ちはありますか。

ある　ない　内容・テーマ(　　)

現在完成した作品をお持ちですか。

ある　ない　ジャンル・原稿量(　　)

書　名				
お買上 書　店	都道 府県　　　　市区 　　　　　　郡	書店名		書店
		ご購入日	年　　月　　日	

本書をどこでお知りになりましたか?

1.書店店頭　2.知人にすすめられて　3.インターネット(サイト名　　　　　　)

4.DMハガキ　5.広告、記事を見て(新聞、雑誌名　　　　　　)

上の質問に関連して、ご購入の決め手となったのは?

1.タイトル　2.著者　3.内容　4.カバーデザイン　5.帯

その他ご自由にお書きください。

(　　　　　　　　　　　　　　　　　　　　　　　　　　　　)

本書についてのご意見、ご感想をお聞かせください。

①内容について

②カバー、タイトル、帯について

弊社Webサイトからもご意見、ご感想をお寄せいただけます。

ご協力ありがとうございました。

※お寄せいただいたご意見、ご感想は新聞広告等で匿名にて使わせていただくことがあります。

※お客様の個人情報は、小社からの連絡のみに使用します。社外に提供することは一切ありません。

■書籍のご注文は、お近くの書店または、ブックサービス(0120-29-9625)、セブンネットショッピング(http://7net.omni7.jp/)にお申し込み下さい。

エネルギーを使い果たして倒れそうになった彼女を慌てて抱えこみ、冷や汗タラタラで褒めながらそれを誤魔化した。

あの対応の速さ、自己ベスト更新したんじゃね？

力尽きた彼女を抱えたまま、チラリと三流科学者のほうを見てみると、よほどショックだったのか絵に描いたように両ひざをついてガックリとうなだれていた。

「………」

「では、我々はこれで失礼させて……」

「フランケンシュタイン博士」

「……な、なんすか？」

（もうええやろ、ええ加減、早よ帰れや！）

そんなマジでキレる五秒前の僕をよそに、三流科学者はふらりと立ち上がり、僕を真っすぐ見据えた。

そんな目で見たって、お小遣いはあげないわよ？

「不服極まりないが、今回は負けを認めましょう」

「……」

「ですが私は諦めませんよ、あなたの集大成、必ず手中に収めてみせます」

「……」

「ではその日まで、ごきげん……」

「トーテンコフ博士」

「敗者の背になにを語るおつもりですか？」

「科学に勝ち負けは関係ない、と僕は思います」

（負けは負けだけどね、ぶぁーか！）

三流科学者は僕に背を向けたまま歩みを止め、数秒の沈黙のあと、特殊部隊に撤退命令をだし去っていった。

残されたのは、彼女の可愛い寝息と静寂のみとなった。

怒濤の一日によるため息一つ。もうすぐ日も暮れそうだ。なんだかさっきから首に尋常ではない痛みがあるんだけど、寝違えた記憶な……いたたたたたたたたたた！

「誰の許可をもらって、このあたしを抱いてんのよ」

「こ、答える前に、この世にグッバイ……」

「まあ、今回だけは特例で……許し、許シテアゲなくもナいケど……」

「は、はい？」

（あらやだ、この子ったら）

抱っこされているのが恥ずかしいのか、似つかわしくないことを言って恥ずかしいのか。彼女はほんのり頬を赤く染め、そして話す内容もおかしくなっていた。

そんな可愛いお顔をもっと拝見しようしたら、これまた可愛くぷいっとそっぽを向いてしまった。おいおい、お兄さん興奮しちゃうじゃないか！

「へえ、ご主人様ってぇ、絞め殺すと興奮するんですねぇ？」

「………」

「な、なによ」

「い、いや別に？」

「……」

「日が沈むと途端に寒くなるね、早く家に……」

「待って」

「え？」

「これも特例なんだから、一度しか言わないからよく聞きなさいよ」

「まさかついに、最終通こ……」

「あ、あり、ありがと」

「なぬ⁉」

「だ、だから、その……あたしを、守ろうとして、くれて」

「……」

「こっち見んな、変態バカのチビ！」

「当たり前だろ」

「え？」

「家族を守るのが、家族なんだからさ」

「……うん」

「夜風が火照った俺の心を癒してくれるぜぇ」

（今、世界で一番カッコイイと思う！）

家の明かりを頼りに歩もうとしたけど、だんだん意識が遠のいて……は、恥ずかしいことを言っちゃったからって、首を絞めないでちょうだいお願い！

二分四十秒の奇跡——僕の夢がギュッと詰まった初期人格プログラム——からパーソナリティチェンジして、おなじみの絶対女王ヴィクトリアに戻った。

……戻った？

違うだろ？　どっちのヴィクトリア・フランケンシュタインも、僕の大切な家族なんだから——。

「なんでゴミを捨てておかないのよ⁉」

「だからゴミちゃいますって、いつか君に身も心も着てほし……」

「選ばしてあげる、『捨てる・売る・燃やす』どれ？」

「どれも拒絶反応を示させていただきます！」

（てか、燃やすってなんぞや⁉）

「ヴィクター君、ついにストーカーにキレる事件」から五日が経ち、彼女も全快。

絶対女王は復活した。

あの夕暮れのデレは、夢だったのかね？

そして今、彼女は二階にある僕の部屋を正式に〝あたしの部屋〟にすると言い出したのだ。埒が明かないから強制撤去、とも言えますが。

それはいいけど、僕の大事なコレクションが危機に立たされております。はい。

これでも少しずつ整理しているんだけど、お気に召しておられないようで。

（コスプレに囲まれて毎日眠れるなんて最高だぜ？）

心の声よ、静まりたまえ――――！

「まあ、特例で聞かなかったことにしてあげるわ」

「聞こえてらしたのねー」

「まったく、聖母のように慈悲深いあたしが、三つも選択肢を与えてんのにねぇ？」

「僕には悪魔の選択にしか聞こえない……」

「慈悲深き右ストレート、食らってみる？」

「………」

「………」

「哀れな子羊に、今一度、ご慈悲を」

「一時間」

「はい？」

「一時間、あたしがシャワーを浴びている間にゴミを捨てておくこと。お願いね、お兄ちゃん？」

「お兄さん頑張っちゃおうかな、ハハッ」

（そこの君、ていよく利用されているだけとか言わない！）

バスルームに向かう途中、彼女は射殺すような視線で「一秒でも遅れたらブチ殺しちゃうゾ?」と語った。その視線にちょっぴり……いや、かなり興奮したのは内緒だ。一秒も無駄にはできない。

しかし、体は階段に、顔はバスルームに向いているという実に自らの欲望に忠実な行動をとっていた。お恥ずかしい限りで。

「なんだか、やっとこさ日常が戻ってきたって感じだなぁ」

（あれからまだ五日しか経っていないけどね）

部屋を整理する時間はギリギリ。でも、なんとなくゆっくり歩いて二階にある自室に向かった。分かっておりますとも、自分でも命知らずだってことはね！

自室に入り、思わず目頭を押さえた。今までありとあらゆる手段をもちいて手に入れてきたコレクションの数々、それらに別れを告げる日が……。

「俺を見捨てないたたたたたたたたたたた！」

感極まって思わずコレクションにダイブしたら、雪崩《なだれ》のように押し寄せ呑み込まれてしまった。

（へるぷ、へるぷみぃー！）

どうせなら、コスプレをした彼女に呑み込まれたいと思いますね。はい。

しかし、コレクションの雪崩による衝撃で、部屋の中で一番整理してある場所――パパが買ってくれた学習机――の上に置いてあるフォトフレームが倒れてしまった。

「うああ、パパママ、ごめんなさい！」

（お、親不孝もんが！）

フォトフレームに損傷がないか確かめ、そこに写るまだあどけない顔の少年を見る。

その少年をサンドイッチにして抱っこしているのは、科学者の姿をした男女。今の僕と同じくらいの身長で、いつも太陽のように笑顔がステキだけど、時折見せる不敵な笑みに尋常じゃない恐怖を覚えるパツキンロングのママ。

僕やママより長身で、いつもクールで黒のオールバックがよく似合うナイスガイだけど、とんでもない弱みを握られているのではないかと思えるほどママに頭が上がらないパパ。

フォトフレームをもつ手が、小刻みに震える。そして、流れ落ちる雫とともに、幼い記憶がよみがえる。

「………」

(もう、いいよね)

シャツに隠れていた、首から下げている小さなチェーンに通した鍵に触れる。静かに目を閉じて、数秒の間、ゆっくり目を開けて一歩踏み出す。

十年間踏み出せなかった、その一歩。

今まで感じたことのない軽やかさ! イケる、イケるよこれ、イケんじゃん俺!

今なら開けられる……。さあ、あの部屋に行こう!

「ラスボスの部屋にたどり着いた勇者って、こんな心境なんだなぁ……」

（真向かいなんですけどねぇー）

二階の角部屋——開かずの間——の前に立つ。

あの子がむりやり引きちぎろうとしたチェーンについている錠前に、鍵を差し込み回す。もし錆びついて開かなかったら、やっぱりお言葉に甘えて引きちぎってもらおうかなと思ってみたり？　でもなー、ヴィクター君がちょいと本気で怒っちまった手前、それは口が裂けても言えへん。

「あんたの首を引きちぎってやろうか？」と言われるのがオチですわな！　君の心はお見通しさ。

「さて、ドアを開けたらいきなりビッグウェーブとかやめてくれよ？」

なんとか家具や荷物のビッグウェーブの心配はなかったけど、部屋を開けた瞬間、むっとする熱気とホコリが舞った。これはまず、換気をせねばならぬ。

とりあえずホコリまみれ覚悟でダッシュして、部屋の窓を「とおりゃー！」と開けた。

新鮮な空気を〝部屋と肺とわたし〟に入れ、換気を開始する。
本日は晴天なり、お掃除をするには絶好の一日だわ！
「……こんなに小さかったっけ？」
（正確には、狭いが正しい）
自室とほとんど変わらない間取りなんだけどね、なんでやろか？
部屋の中はみごとになにもなく、お葬式以来、手つかずのまま。
残っているのは、机と椅子と本棚、そして……。
「これは……」
（どうしてもっと早く気付かなかったんだよ）
机上に一枚、机の近くの壁に数枚、飾ってある。
家族写真がたくさん飾ってあった。
僕は膝から崩れ落ち、天井を見上げた。
溢れる涙、よみがえる記憶という名の思い出。もう止められなかった……。

「いい部屋、あんじゃない」

「ヴィク、トリア？」

「なに鳩が豆鉄砲を食ったような顔してんのよ」

「あ、いや、別に、なにも……」

「あんたには、あたしがついてるから」

「え？」

「お腹すいた、なんか作って」

「え、ちょ、今なんて⁉」

「あたしも、て、テツダ……手伝ってもイいけド」

「……………」

「な、なによ」

「フリル付きエプロンならございますが？」

「……それしかないってんなら」

「マジで⁉」

（こんなに幸せでいいのだろうか）

自然と零れる笑顔。

今度こそ守ってみせる。

家族の笑顔は僕が守る。

なにが起ころうと、絶対に。

だから……。

「ほら、ヴィクター、早く！」

「まったく、世話が焼ける妹……あ、すみません」

いつまでも僕たちを見守っていてください――。

あとがき

『萌える女王と僕のキズナ』、最後までお読み頂き、誠にありがとうございました。

作者の小林ユウです。

これからお話しする内容に、大変驚かれると思います。ですが、すべて事実です。

僕は、人工呼吸器を付けている身体障害者です。「先天性ミオパチー」と呼ばれている、生まれつき、全身の筋力が低下する病気です。歩行困難、食事不可、会話不可です。四六時中、寝たきり（電動ベッドをすこし起こしてはいるが……）です。

ですが、それ以外は普通で、健常者となんら変わらない……と前向きに思えたらいいなぁと思っています。

『萌える女王と僕のキズナ』、完成するのに一年以上かかりました。体調に合わせて、家族の支え、友人の応援、そして文芸社の方々によるアドバイス。多くの人に力をお借りして、作品を完成することができました。
感謝してもしきれません。本当にありがとうございました。

今作で、メアリー・シェリー氏の『フランケンシュタイン』を題材にした理由をお話しします。理由はただ一つ、「フランケンシュタイン=怪物の名前」と認知されている現状を変えたかったからです。使命感に駆られているとか、そういった思いはありません。ただ、ものすごく奥が深い、「怪物が出てくる物語」だけでは、到底片付けられない物語なので、今作をきっかけに、メアリーシェリー氏の『フランケンシュタイン』に興味を持って頂けたら幸いです。

改めまして、最後まで読んで頂き、誠にありがとうございました。
またいつか、お会いしましょう。

小林ユゥ

著者プロフィール
小林 ユウ（こばやし ゆう）
1987年７月15日生まれ、愛知県出身。

萌える女王と僕のキズナ

2020年８月15日　初版第１刷発行

著　者　小林 ユウ
発行者　瓜谷 綱延
発行所　株式会社文芸社
〒160-0022　東京都新宿区新宿１－10－１
電話　03-5369-3060（代表）
03-5369-2299（販売）

印刷所　株式会社フクイン

ISBN978-4-286-21817-5